TABLEAUX

PAR

G. CASTIGLIONE

VENTE HOTEL DROUOT, SALLE N° 3

Le Lundi 12 Février 1883

A TROIS HEURES

EXPOSITION LE DIMANCHE 11 FÉVRIER 1883

DE UNE HEURE A CINQ HEURES

Me ESCRIBE	MM. HARO ✻ et FILS
COMMISSAIRE-PRISEUR	PEINTRES-EXPERTS
6, rue de Hanovre	20, rue Bonaparte, et 14, rue Visconti

1883

Motteroz, Adm.-Direct. des Imprimeries réunies, A, rue Mignon, 2. Paris.

CATALOGUE

DES

TABLEAUX

PAR

G. CASTIGLIONE

MOTTEROZ, Adm.-Direct. des Imprimeries réunies, A, rue Mignon, 2, Paris.

CATALOGUE

DES

TABLEAUX

PAR

G. CASTIGLIONE

DONT LA VENTE AURA LIEU

HOTEL DROUOT, SALLE N° 3

Le Lundi 12 Février 1883

A TROIS HEURES

EXPOSITION LE DIMANCHE 11 FÉVRIER 1883

DE UNE HEURE A CINQ HEURES

Me ESCRIBE
COMMISSAIRE-PRISEUR
6, rue de Hanovre

MM. HARO ✻ et FILS
PEINTRES EXPERTS
14, rue Visconti, et rue Bonaparte, 20

1883

CE CATALOGUE SE DISTRIBUE

A PARIS, CHEZ

Mᵉ ESCRIBE	MM. HARO ✻ ET FILS
COMMISSAIRE-PRISEUR	PEINTRES-EXPERTS
6, rue de Hanovre	20, rue Bonaparte, et rue Visconti, 14

CONDITIONS DE LA VENTE

Elle sera faite au comptant.

Les acquéreurs payeront *cinq pour cent* en plus du prix d'adjudication.

GIUSEPPE CASTIGLIONE

Giuseppe Castiglione, bien que né à Naples, est établi depuis assez longtemps en France pour qu'on puisse dire qu'il a fait de notre pays sa patrie d'adoption. Il débuta dans la carrière artistique par de solides études commencées à Naples, terminées à Rome et à Florence, et sanctionnées par les plus brillants succès dans les concours de l'Académie de son pays natal. Sa jeune renommée lui valut des commandes royales et ses premiers paysages, honorés d'une médaille d'or, furent placés au château du roi à Naples.

Son goût le porta ensuite vers la peinture d'intérieurs et scènes de genre où il a toujours excellé et où ses débuts obtinrent des succès si vifs qu'il fut envoyé à Rome, par son gouvernement, pour y peindre les cérémonies de l'église de *Santa Maria sopra Minerva*. Sa commande fut accueillie avec une telle faveur qu'elle fut jugée digne du musée de Capo-di-Monte, à Naples, où elle figure en bonne place.

Deux autres tableaux d'intérieur d'église, celui de Saint-Philippe et celui de la Cathédrale, achetés par le roi Ferdinand II et par le roi François II, son fils, prouvent en quelle estime son mérite était tenu à la cour des Deux-Siciles.

Quand Castiglione vint à Paris, en 1860, il y arriva précédé d'une réputation bien assise qui lui valut la bienveillance et les commandes des plus hauts personnages; depuis cette époque, il nous serait difficile de compter ses succès. Son réel mérite n'a d'égal que sa prodigieuse fécondité; chaque Salon a vu de lui plusieurs toiles toujours intéressantes et souvent hors de pair. Et cependant, en appréciant la conscience scrupuleuse avec laquelle il peint, le soin avec lequel il fait ressortir les moindres détails de son sujet, on se demande par quel tour de force de travail obstiné, il a pu arriver à produire les œuvres nombreuses que nous avons si souvent admirées.

Une des choses les plus remarquables du peintre Castiglione, c'est l'extrême flexibilité de son talent. Le même homme qui a peint *les bords du Tibre*, (un beau paysage que nous signalons à l'attention des amateurs) donne immédiatement après *le Cardinal artiste*, (une scène de genre d'un haut mérite), et d'autre part, une *Étude de hallebardier*, d'un grand art. C'est prodigieux et bien fait pour étonner le spectateur.

C'est précisément cette variété originale et si heureuse qui fera le grand attrait de la vente qui va avoir lieu ; les amateurs pourront voir réunies une trentaine de toiles du fécond et laborieux artiste représentant trois ou quatre genres de peinture bien distincts qui laissent dans l'incertitude de savoir auquel décerner la palme tant ils ont chacun un mérite bien personnel. Parmi les grandes compositions, nous signalerons : une *Ophélie*, d'un saisissant effet, *Les Fleurs du printemps*, un tableau de genre d'une originalité et d'une couleur rares, *La Musique*, un intérieur de prélat romain, merveilleux de fini et de réalité, et un *Portrait de dame*, qui suffirait à placer Castiglione au premier rang des portraitistes de notre époque.

Il nous faudrait une longue nomenclature pour rappeler tous les tableaux de Castiglione qui ont fait sensation aux diverses Expositions et tous ceux qui ont eu les honneurs de la reproduction par la gravure ; citons pour mémoire *la Promenade des Anglais à Nice*, un chef-d'œuvre de mérite et de couleur, et *la Terrasse du palais royal, à Naples*, une irradiation du soleil italien transporté sur la toile.

Les qualités qui distinguent les œuvres de Castiglione et lui vaudront toujours les suffrages des amateurs de bonne peinture, sont la correction irréprochable du dessin, la vérité et la richesse du coloris, et le fini admirable des détails sans tomber pour cela dans l'afféterie et la préciosité. Il peint largement quand son sujet l'exige et se restreint, quand il le faut, aux détails d'un miniaturiste ; il sait, en un mot, se varier à l'infini, et l'on peut dire de lui que chacun de ses tableaux a sa note bien personnelle et son individualité propre. Il n'a qu'un souci, c'est de faire vrai, et sa peinture rayonne tellement de ce je ne sais quoi d'honnête et de loyal qu'on rencontre rarement, qu'on pourrait appliquer à chacune de ses productions la devise célèbre de Montaigne :

CECI EST UNE ŒUVRE DE BONNE FOI.

EDMOND SAINT-YVES.

TABLEAUX

DÉSIGNATION

TABLEAUX

1\. — Le Cardinal artiste.

T. — H., 0^m,63. L., 1^m,25.

2\. — La salle d'armes anciennes au château de Turin.

T. - H. 0^m,69. L., 0^m,102.

3. — L'église Sainte-Claire à Naples.

T. — H., 0^{m},. L.68 0^{m},90.

4. — Un duel sans témoins.

T. — H., 0^{m},68. L., 1^{m},17.

5. — Ophélia.

T. — H., 0^{m},68. L. 1^{m},17.

6. — Les Fleurs du printemps.

T. — H., 1^m10,. L., $0^m,67$.

7. — Une Dame, époque Henri IV.

T. — H., $0^m,70$. L., $0^m,50$.

8. — De garde chez le Cardinal.

T. — H., $0^m,94$. L., $0^m,65$.

9. — Le passé... (les Chartreux).

T. — H., 0^m,68. L., 1^m,01.

10. — Les Musiciennes de rue chez le cardinal Sforza à Naples.

T. — H., 0^m,52. L., 0^m,97.

11. — Joueuse de harpe.

T. — H., 0^m,48. L., 0^m,42.

12. — Ravello ad Amalfi.

T. — H., 0m,58. L., 0m,78.

13. — Villa Conti à Frascati (Rome).

T. — H., 0m,36. L. 0m,51.

14. — Un Intérim pendant la garde.

T. — H., 0m,45. L., 0m,35.

15. — Coquetterie.

T. — H., 0m,39. L., 0m,33.

16. — L'Attente.

B. — H., 0m69,. L., 0m,53.

17. — Une Audition chez le Cardinal.

T. — H., 0m,58. L., 0m,47.

18. — La Leçon du perroquet.

T. — H., 0m,58. L., 0m,47.

19. — Souvenir d'Amalfi.

T. — H., 0m,36. L., 0m,51.

20. — Fontaine à Frascati.

T. — H., 0m,24. L., 0m,35.

21. — La Penserosa.

T. — H., 0^m,30. L., 0^m,39.

22. — Les Petites Pêcheuses.

T. — H., 0^m,55. L., 0^m,88.

23. — Escalier à Amalfi.

T. — H., 0^m,33. L., 0^m,27.

24. — Les Bords du Tibre (Campagne romaine).

T. — H., $0^m,68$. L. $1^m,17$.

25. — Jeune fille de la campagne de Rome.

T. — H., $0^m,34$. L., $0^m,45$.

26. — La Nouvelle imprévue.

T. — H., $0^m,55$. L., $0^m,45$

27. — De garde.

H., 0^m,38. L., 0^m,23.

28. — Un coin de l'Armeria de Turin.

T. — H., 0^m,34. L., 0^m,26.

29. — La Cueillette de fleurs.

T. — H., 0^m,43. L., 0^m,33.

30. — Sous le même cadre, quatre têtes, dessins à la plume.

Motteroz. Adm.-Direct. des Imprimeries réunies, A, rue Mignon, 2. Paris.

RED. :

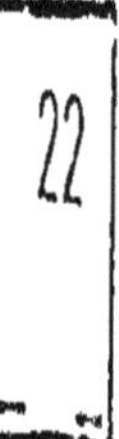
22

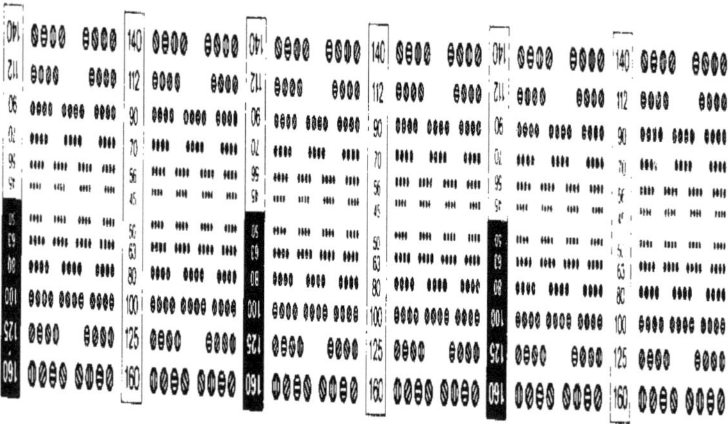

0 1 2 3 4 5 6 7 8 9 10

www.ingramcontent.com/pod-product-compliance
Ingram Content Group UK Ltd.
Pitfield, Milton Keynes, MK11 3LW, UK
UKHW021045260726
13994UKWH00005B/2363